歌集

ヒアシンスハウス

林 和子

六花書林

ヒアシンスハウス　＊　目次

I

風　11
マロニエ通り　14
ここはどこですか　18
グランド・ジャット島　23
ゆく夏に　25
白き皿　29
グローブ　33
星の礼拝　38
旅のあとさき　41

食べてごらんよ　45
姉　妹　47
ジャンケンの声　52
横　顔　56
鐘の鳴る丘　59
ルネサンスの空　64
粉ミルク　68
暗闇坂　72
ドナウ川　75
春のさきぶれ　77
あおさぎ　83

北欧のえはがき 89
厚いコートを 93
歳の瀬の坂 97
武蔵と小次郎 99
春の牝鹿 102
夏風邪 106
碓氷峠 113
妻への手紙展 120
だんごむし 127
とねりこの庭 131
クリムト展 136

せみたの墓　138
化学室　143
無言館　145

Ⅱ

二月の海に　149
五月はおまえ　151
三月十一日のこと　155
昭和の春　平成の春　160

あとがき　167

装画　清水　要
装幀　真田幸治

ヒアシンスハウス

I

風

遅咲きの鬱金桜の散りつくし黒土におう四月の朝

ヒアシンスハウスの外は雨となり鳥の図鑑を棚にさがす子

一緒に見よう重い図鑑を抱えくる少女は小さなおとうと連れて

はな垂れ坊や水辺の鳥を見ておりぬ　はな垂れ小僧はおおかた無口

ヒアシンスハウスめっちゃいい匂い！サッカー帰りの少年の声

杉材の匂いくんくん嗅ぎながら「おちつくねえ」と中学生は

道造のベッドの端に少しだけ掛けてよいかと振り向く少年

大三角窓よりゆたかな風はきてヒアシンスハウスの花瓶を倒す

マロニエ通り

マロニエの緑たくましき五月の日てっぺんあえかな紅き花咲く

休日のマロニエ通り人多しコッカー・スパニエルにつまずかぬよう

マロニエの花を見上げる首白くあなたも白く急所あやうし

ミルキーウェイを天の川と知りしころ世界は予感に満ちていたりき

駅前に笑って別れた墨色のオーガンディーにかすかな予感

織姫であったかあなたは七夕に昇天したりだれにも告げず

半夏生くりいむ色に変えてゆくはつなつの風　遠き雷鳴

身のどこか軋むになれてゆっくりと起き上がる朝かわらひわ鳴く

矍鑠《かくしゃく》と言われし夫は驚いて道をゆずりぬ蛍とぶ道

目かくしをする手に蝶をつかまえたように瞬く幼きひとみ

わが歌集『ゆうひ』に会いぬ歯科医なるクラスメイトの待合室に

ここはどこですか

武蔵野の樹の名やさしもくぬぎ、なら。春の嵐の吹き荒れる中

灰色の雲おもむろに動きだし湖水のような空現るる

ゆっくりと伸ばす手足にあたたかな手の触れてくる　ああ生きていた

ここはどこですか　毎朝おなじ質問に嘘たくらめど見透かされおり

病棟のゆうべにすする一椀の白粥、梅干し母の味せり

食べられぬ患者にも配る雛あられほろほろこぼせり外は雨なり

脳検査から戻る病室の窓おおう深き冬空ド・スタールの青

枕もとに友の寄せ書きびっしりと蕾のような文字と言葉と

おそるおそる踏み出す足は雲中を歩むがごとし明日にしよう

春の土掘り起こす音止む日暮れ黄のショベルカーがひとり佇む

野に犬の遠吠えを聞く二人娘《ご》はウサギのように駆け込んでくる

あずさゆみ春のわた雲ひつじ雲その下をゆく痩身のひと

グランド・ジャット島

ヒアシンスハウスの旗のひるがえる空あり冬の沼をうつして

黄の嘴を打ち交わしつつ白鳥の鋭く鳴けり寒き夕べを

ちらほらと日傘の見えて沼の辺はさながら「グランド・ジャット島の日曜日」

図面通りであるにはあるが立原の心見えぬとつぶやく人も

ゆく夏に

南部風鈴の音色すみたり筋雲はかがやき離れまた寄りてゆく

田島邦彦さん逝ってしまいぬ『この歌集この一首』表紙あせたり

棲みなれし家を離るる心地せり垣根の千草へ手は触れにつつ

間をおきて促すように蜩がなけり手桶の水がはねたり

天井裏の闖入者すなわち縞リスときめて目を閉ずうとうと眠る

片方の角を失くせしかたつむりツユクサの陰に置いてはみたが

昭和記念公園　三首

秋立つやウィーンの森よりはるばると来たりし橅の背の高きこと

小声にて〈流浪の民〉を口遊みつつ耳を当つ橅の若木へ

コスモスの群生するなか師と友と歩めり昼の淡き月浮く

白き皿

公孫樹は黄金の葉を振りこぼすボール蹴る子になわとびの子に

まぼろしのようなる約束愉しけれ雲ほころびて光こぼせり

知らぬ人とベッド並べる病棟の起き伏しよしと言う人のあり

向いベッドの女《ひと》にかすかな九州の訛りのありて回診おわる

高校は長崎と聞き広島のわれさりげなく話題をそらす

原爆の話避けたし　虹かかる窓振り仰ぐ病衣の人ら

噂りを聞きつつうどん啜りおり元気になろうと振る唐辛子

晴れの日は富士が見えると看護師の指さす窓に雨つぶ走る

ばら色と灰色の雲たなびけりセーターに編み込み着てみたし

白き皿に梨の皮をむきおとすこの静けさに初冬のひかり

小雪舞う窓に一本の道見えてはるかなる人思わざらめや

グローブ

甲高く子らの声して遠ざかるしんと鎮まる雪の夕暮れ

いち早く春は沼辺にやってくる水のおもてに水鳥の影

ヨーグルトの種をもらいに隣子はガラス器を手に雪庭をくる

ひまわりの種山ゆりの種こぼれ落ち物置のすみ夕陽が届く

娘たちの置いて行きたるグローブに目をみはる子よ春の物置

黴くさき小型グローブ、おとこの子空へ投げあぐ四月の空へ

まだ低いおまえの空に天の川見えるか「たかい、たかい」をしよう

そめいよしの散り急ぐ日の午後おそく殿さま蛙の声を聞いたか

沼辺には葦がそよいでいるだろうちぎれ雲浮き春さきの風邪

クラス会の通知カナダに住む友へ　満開の桜貼りてポストへ

葉桜のした自転車を引きゆけば神保光太郎の旧居問わるる

点描派画家スーラへ思い寄す籠から光の果実あふれて

星の礼拝　ヨガのポーズの一つ

優子さんに送る　七首

「さようなら、またね」街角に手を振りそれきり会わない友は

「限界」のひと言身に沁み立ち竦むもう見られないあなたのヨーガ

きみ居りし場所ぽっかりと空きしまま夕べ静かな〈星の礼拝〉

軽やかな今生の別れもありぬべし耳に残れる声あたたかし

肉体はこわれやすき器　今日コスモスの一輪を挿す

降って止みまた降りはじむ秋の夜の振り向く眼鏡の顔は笑わぬ

開けておく一つ窓より夜もすがら日すがら松虫スイッチョの声

旅のあとさき

噴水の高く上れるところまで夕日きている鳥影よぎる

秋天の太宰府天満宮人まばら大気の冷えて水の澄みたり

千五百、楠の巨木の樹齢なり首痛くなるまで仰け反りて見つ

舞い降りて楠の大樹に抱かれたる大き鴉をわれは羨しむ

神無月もうすぐここに筑紫野の昼の街をとぶシャボン玉

この街のシャボン玉は大きくて浮輪のような枕のような
肩ぐるまの幼の髪にシャボン玉触れてはじけて福岡の街
目を細め玄界灘の魚自慢したりし人よ　満月あがる

それぞれの思いを胸に離陸せり「楠見ただけでいい」と言う人

夜の更けて「いってきマンモス」子のメール、「きをつけてんし」と返し灯を消す

食べてごらんよ

浅間山真楽寺の午後風吹けばいっせいに落葉松の金の針降る

三重塔の屋根の反りのやわらかさ枯葉を踏みて人の近づく

黄金の雨にあらずや黄金の針の降りくるわれを目掛けて

赤く熟れしいちいの木の実日に照れば食べてごらんとそそのかす声

グラッパの酔いのまわりの早きこと携帯電話が鳴ってはいるが

姉妹

牧師館の娘《こ》として育ちしブロンテの窓より見ゆるはヒースと墓地のみ

ブロンテ姉妹はひどいヨークシャ訛りとぞ牧師館の庭に聞こえたる日も

E・ブロンテの最期に手よりこぼれたる花の一つかフランネル草

*

猫よべど猫寄り来ぬを訝しみ酸素マスクを押しやる姉よ

ページ繰る力の尽きて枕辺に開きし聖書に夕陽およべり

「もう何も聴かなくていいの」逝きたりし姉のベッドにひろう耳栓

冷えしるき柩の姉の銀髪を指もてカールせし妹は

蚊帳つりて姉と眠りし蒸し暑き日のあり通夜に思いき

おさげ髪はらりとほどく首筋に天花粉のほのかな匂い

夜更けても姉の帰らぬ祭の夜　寝返りばかり打ちて待ちしよ

萩と菊、姉の晴れ着に風通し妹とわれは一度ずつ着ぬ

額の中に頬笑む人をヨコバちゃんと幼子は呼ぶしげしげと見つ

亡き姉の諏訪湖のほとりに住む友の文あたたかし会いしことなく

ジャンケンの声

モネの画の紅ほのかな雪の朝、羽繕いする鵲一羽

キッチンの野菜くずを拾わんと伸ばす手の先光のかけら

指先にふれて冷たき皿小鉢　庭にかそけき鳥の声する

きさらぎの椨の洞より這い出でし蟇か眼を閉ず枯葉のかげに

「頼もう」と声かけてみたき門のあり石階に遊ぶ鴇色の足

ヒアシンス一鉢買いて窓に置く何もしたくない二月一日

よく透るあの声はもう聞かれない風にのりくるジャンケンの声

棘を刺しヒアシンスハウスへ戻る子よ半袖の腕ひらひらさせて

光あふれるヒアシンスハウスの抽出に毛抜きも針もなくうろたえる

部屋すみに落ちていた　その弟の差し出すてのひら画鋲が光る

黄のミモザふっさり垂れて肩に触るアッシジのこと話しましょ

横顔

鉛筆になるとは知らずすくすくと育ちて香るお前なんの木

どちらにもとれる言の葉てのひらにのせて一夜の月渡るまで

あふれつつ木香薔薇の咲く奥に灯りて静かな窓ひとつあり

疲れたる眼にれんげの蜂蜜を垂らせり祖母のしていたように

スペードのジャックの横顔かげりつつうっすら髭の伸びてくるころ

アフガニスタンのトランプカードは円形でほとほと神経衰弱するわれ

雉鳩の横顔説教する折の祖母に似ており柿の木のした

鐘の鳴る丘

象の形しっかり保ち目を閉じて青葉の園舎に動かぬはな子

上野駅から動物園まで息切らし走りはな子に会いし春あり

日本の長き戦後を見続けてサミットの朝はな子逝きたり

原爆を人類の過ちと言い切りし被爆者の長き歳月おもう

学徒動員三六〇名は閃光を浴び一瞬にして逝けり母校の庭に

上野駅、戦災孤児らの屯してわれのみ庇う父を厭えり

幼きわれの持つ一切れのパンにさえわらわらと寄りくる裸足の子たち

「あの子たちは、あの子たちは…」問うわれに父は答えずただに急ぎき

ボロを着て倒れていた子、母さんと叫ぶ子　泣き泣きその脇通りき

父母を戦争で亡くせし悲しみはひしひし伝いき幼き胸にも

夕べにはラジオの前に丸くなり兄と聴きたり「鐘の鳴る丘」

草深き野に蹲る石仏に会釈して父母の墓へ急げり

蝙蝠の飛ぶ夕空へ靴投げし北京の空は美しかった

ルネサンスの空

ヒアシンスハウスを目指しフィレンツェより来たりし男　蟬時雨のなか

差し出だす名刺鮮やかな青き色ルネサンスの空の色やも

言葉では伝わらなくも頬笑むとメタセコイアの枝はそよげり

沼へ向く大三角窓を開け放すワーンと熱風が吹き込んでくる

入道雲の湧き出づる午後鳩たちは羽休めおりポプラの影に

夏空の下何枚も写されてヒアシンスハウス息吹き返す

木洩れ日の揺るる踏石十四個長身の人、靴はみだせり

道造の十四行詩は踏石となりて雀がちょんちょん歩く

立原道造生誕百年彼の部屋にありし果実酒その日のままに

蹄の音遠く聞こえぬメディチ家のジュリアーノのおもかげ秋の沼辺に

めくるめく夏こそ思えトスカーナ草道にフィレンツェの白き立札

粉ミルク

秋立てり色鮮やかな茄子胡瓜ざるに盛られて母の命日

台所の曇ガラスに野ぼたんの紫滲み母の呼ぶ声

秋陽さす縁に座布団ふくらみて猫が伸びせり昭和の家に

昭和二十年代小学生の文集に母たち生き生きと子らを叱れり

赤ん坊の妹に配給の粉ミルク舐めてこっそり棚へ戻しき

戦争の終りし暮しは貧しくもあえかな光差し込むごとし

*

遅咲きの隅田の花火ほめらるる通りすがりのアルトの声に

新しきトースターは象牙色雨の窓辺に新車のごとし

暗闇坂

秋陽差す坂森閑として木の匂いつと背伸びして柚子をもぎたり

色鮮やかな柚子の実ふたつポケットにしのばせ上る暗闇坂を

歌のことに触れず眉毛の描き方がうまいと言われ帰りたる日も

雪が舞い春はすかんぽ咲く坂を今日北風に背中押さるる

蕗のとう天ぷら酢のもの胡麻よごし由紀子夫人の手際に見とれき

岡部桂一郎逝きて五度目の冬がくる孟宗竹が風に騒げり

ドナウ川

新年を迎える夜の楽しみにスイッチ入れる　ニューイヤーコンサート

ゆるやかに岸辺を洗うドナウ川　川幅ひろく葡萄が実る

川の曲は戦争にまつわるもの多し川は人々のふるさとである

風の吹き岸辺を洗う波音にドナウは今し春かと思う

春のさきぶれ

東大寺戒壇院の石段を濡らして静かに春の雪降る

あずさゆみ春の気配は邪鬼を踏む四天王の足もとゆ来る

思うこと多き冬の日水仙の香るかたわらたつのポーズを

被爆者とオバマ氏の抱擁は美しき一枚の絵に過ぎないか

逞しき地球であれよ土手に咲く西洋たんぽぽ、日本たんぽぽ

戸口より追儺の豆の転がり来踏みて過ぎたり吐く息白く

寒風に河津桜の咲きみちてその一本を見上げつつ来る人

料理にと月桂樹の葉をてのひらにのせてくれたる髭の美容師

あしびきの山手線の昼ふかし網棚の百合あるじの知れず

カッサンドル・ポスター展を見に行かむ百年前の汽笛を聴きに

ひそひそと雪降る音する一枚の黄ばめる葉書また仕舞いたり

瀬戸物の丸き火鉢のありしかな火種そろりと運ぶ母の手

「体調は」「下の上」いつも似た返事クラスメイトはあけすけである

道端の草木に宿る露ほどの命を持てりあなたもわたしも

「春休みに身長十センチ伸びたの」と回覧板を持ちくる少女

あおさぎ

野の花のようなるわれら囀りに耳かたむけて雲をまたいで

咲きそめしすみれたんぽぽつくしんぼ坊からすのえんどうまだ咲かないか

握手する手の冷たさよ雑踏にまぎれてそのまま帰らぬ友は

悲しみの吹き上げる初夏のゆうまぐれ風がはこべる蛙のトレモロ

ベッドからベッドへメール飛び交いて命を支えあいし日々あり

ともかくも四人が揃う花のした一本のビール分け合いて呑む

すぐそばに山鶯が鳴き奥多摩はふたたび芽吹きの色に包まる

師を囲み紅葉狩りせり昼酒をほろりこぼして百舌の声きく

咳もせず息も乱さずわが友はもう歩けぬと静かに言いぬ

爛漫の桜の下を歩みつつ耐え切れぬわれは手放しに泣く

柿青き梅雨の晴れ間に烏きて世界は一瞬止まったようだ

あおさぎの写真三枚、枇杷の実の一句をのこしあなたは逝った

思春期を同じ教室、晩年は秋の光のなかに遊べり

ギンヤンマしばらく水辺におりしかど羽光らせて飛んでいきたり

柿の木は樹齢百年を数えつつ日暮となれば小鳥をしまう

北欧のえはがき

針葉樹　真っ青な空に突き刺さるフィンランドのはがき舞い込む

フィンランドの古い館のベランダにキリン首だす旅人たちへ

「なぜキリン」「北欧だからさ」街角にボール蹴る子の髪のまぶしさ

また少し低くなりたる自らの声に戸惑う十三歳は

バリトンがひとり居てよい帰りたる子らのシーツを秋陽に干しぬ

あかねさすひるねこ書店に北欧の絵本を買いぬ谷中の通り

新しき雨靴おろす微かなるときめきゼブラゾーンをわたる

ヨーグルトの種もらいに来る隣の子おとめさびたり背丈の伸びて

文化祭の話などしてヨーグルト抱えて少女消えてしまいぬ

回覧板と乳酸菌のつなぐ縁、遅くまで灯る隣子の窓

ひぐらしの鳴いて重たきうつしみを励まし夕べのエプロン結ぶ

厚いコートを

柿の木に樹齢をとえば風吹きてぽとりぽとりとしずく零せり

今朝みまかりし人に手向ける黄水仙　切ればはらりと露こぼれたり

星々のように瞬く黄水仙鋭き声に鳥がよぎりぬ

病院嫌いの姉を看取りたる兄よ猫いっぴきを助っ人として

アンソニー・パーキンスの「渚にて」連れて行ってくれた春の日

ワルツィング・マティルダ遠し空たかし落葉の庭に手を洗いたり

愛用のハンティング置く雲きれて光及べる柩の上に

オルガンの低く鳴り出づ姉アンナ兄をイザヤと小声に呼べり

十二月に旅立つ人よ待ちたまえ　厚いコートをとってくるから

歳の瀬の坂

ラ・フランス二つ窓辺におく朝　初冬の空気ゆるびてゆけり

蕾かたき百合と南天かかえもち抱えなおして歳の瀬の坂

暮れに活けた百合すこしずつふくらんでやっと開いた門松とる日

武蔵と小次郎

きさらぎの沼のほとりの明るくて羽ふくらます土鳩の群れは

こわくないの春のお知らせ　春雷におびえるおさなに添い寝をしたり

ヴィンチ村はミモザの花のまっさかり風の便りにくしゃみせりけり

ジョットオの壁画を恋えば足もとに鳩の寄り来る地球夕ぐれ

妹にできてわれにはできぬことよそのお庭の花をいただく

新学年　武蔵と小次郎ならびおり笑いはじけてはるかな教室

ターバンを巻くひと上野におりしかど絵本のなかのことかもしれぬ

春の牝鹿

宮島の砂つきし靴を玄関に払いぬかすかに潮の香のせり

松の樹のかげに目を閉じ足たたむ春の牝鹿よどこぞ痛むか

厳島神社の朱色の回廊に振り向くひとは遠世のまなざし

潮引きし鳥居の足にびっしりと食い込む富士壺　てのひらを当つ

遠く来てとんびが輪をかくヒロシマの空仰ぎたり仄かな黄色

潮引きし鳥居のすそに白銅の無数に散らばり仕方なく踏む

振り返る夕日に染まる大鳥居　蟻のようなる人影うごく

千代紙のつる折りなずむ青き目のひとに思わず手をさしのべる

元安川岸辺のさくら咲きみちて原爆ドームをつつむ夕闇

瀬戸内海の春のさよりをほろほろと食めりかえらぬ友の顔、かお

ヒロシマに何を思うか十二歳口数すくなく資料館を出づ

夏風邪

日盛りの道に大きなくまんばち白き木槿にもぐり込まんとす

日傘かたむけ道にたたずむ、くまんばちの低きうなりに引き寄せられて

大蝙蝠が翼ひろげたような雲われは開けり父のこうもり

たくし上げるシャツより日焼けの腕伸びて焼きたてパンのような子を抱く

いつの間に風船かずら這いのぼり二階のベランダ緑にふちどる

切手の栗鼠逃げないように耳打ちし投函したり月夜のポスト

歌を詠むつれづれ手にとり眺むるはアルザス土産の木靴の少女

蟬の声聞こえずなりて夏風邪の神よりがらがら声をたまわる

夏風邪の抜けぬだるさにゴーヤーの緑褪せたるカーテンはずす

お粥ということばにわれは促され粥炊きに立つ夏のゆうぐれ

猫よべどがらがら声に振りむかぬ南部風鈴しまう頃かも

甲府発ロザリオ・ビアンコみずみずし　ひとつ約束忘れていたり

文化祭来てもいいけど声かけをしないでと言う十三歳

先生をお母さんと呼んでしまったと中学生は耳まで赤し

柿の実の色付き始めずっしりと重きひとつを手に包みたり

神無月柿の葉かげに月のぞきさらさらと時をこぼしていたり

老木は柿の重さを物置の屋根に預けて月光浴びおり

秋空に隊列をくむ飛行機の爆音はいや休日の街

父母が平和を願いわたくしに和子と名付けし初夏の日ありき

碓氷峠

長いながいトンネルの先ぽっちりと秋のひかりが灯りていたり

わらべ子になりて落葉をけりながら峠くだれば昼の三日月

木の間よりはにかみながら碓氷湖は色づく湖面を映しておりぬ

紅葉をはめこんだような碓氷湖へふいと飛びくる蜻蛉親しも

行き会うひと稀な夕べのトロッコ道、さえずりはあたりの繁みよりして

関所近く白秋の碑のあり晩秋の小さき花が風にゆれおり

ゆうやみにレンガ造りの変電所去りがたし明治の建築美学

ライト兄弟飛びたる年に父生れき眼鏡橋すでに人を通せり

丈たかき草に囲まれスイス人アプト発明の一式鉄道

摘《つま》めそうな半透明な三日月はニコラ・ド・スタールの青に溶けこむ

歩くほどに夕日の妙義は近づきて熊が棲むのか鹿の飛ぶのか

女学生の母が登った妙義山ゴツゴツ岩に汗びっしょりと

岩肌を杖でたたいて少女らはお下げゆらして写し絵のなか

ぽつぽつと灯りはじめる横川の駅近くきて釜飯さがす

さようなら　交わすてのひら冷たくていちばん星は槙の梢に

そういえばあかんべの子を見なくなり夕日の野道に手をふってみる

鳥の名は知らねど拾いてペン立てへ茶のはね風に向きをかえたり

新婚のころよりありしホーローの赤き大鍋、黒豆を煮る

妻への手紙展　堀辰雄文学記念館

風花の車窓ふわりとかすめたり呼ばれしごとくわれ立ちあがる

思いたち降りたる駅は無人駅、沓掛とかつて呼ばれたる駅

斑雪のあわいにはつか萌え出づるうすみどり見ゆ風の冷たし

雪かむる浅間近づく山襞はむらさき淡く膨らみいたり

綿雲のちぎれて飛べり落葉松の白銀の枝、風に歌わず

旋風に巻かれしわれの冬帽子　浅間に向かい飛ばされてゆく

ひとしきり風花の舞い薄日さす油屋旅館閉ざされており

「いまは二月たつたそれだけ」道造のつぶやきを聞く追分の路

風花の乱舞しだいに粉雪に変わりて現わる辰雄の館

今日訪いし者はわれのみ鴨居には辰雄の黒きベレー掛かりて

熾烈なる時代のことには触れずして犀星の贈りし美しきマフラー

しゅんしゅんと湯の沸くような音のして静かなるかな妻への手紙展

墨の色、或る日はうすく途切れつつ冬日およべり妻への手紙に

「しかしもう勘弁してあげる……」　おだやかならず手紙とは言え

十五年二カ月一緒に生活しもらった手紙一二〇通、多恵子夫人記せり

繰り返す喀血が生みし「風立ちぬ」「菜穂子」と思いぬ凍てし碑に触る

油屋に開かずの間あり小夜ふけて風呂ゆずりあいし〈四季〉のひとたち

矢ヶ崎川のせせらぎの音に添いゆけど別荘地はまだ鳥の声のみ

晩年の辰雄に打たれしストレプトマイシンのアンプルかけら光れり

信濃路は大いなる眠りに包まれて頬杖をつく石のみほとけ

だんごむし

背の高きポプラの横にヒアシンスハウスの旗をかかげる朝

道造になったつもりに空を見る、今日ヒアシンス忌だねと声のせり

芽吹き前のメタセコイアが空を刺す　道造の図面風にとばさる

おや、あれはファゴット　木間からとぎれとぎれの眠たい声は

散りそめし河津桜によりてゆく人影大小ダックスフンドも

三月の空うすあおく風凪ぎているかの形の雲浮かべおり

水仙とおもえど菜の花　武蔵野線車窓に一瞬よぎる黄の色

夕風にいっせいに羽搏く水鳥のしぶきに驚く羽持たぬ者

砂あそびの子がふいに駆けて来る「夕方さみしいね、だんごむしもさみしいかな」

そうか、四つのおまえも淋しいか春ゆうぐれの子を抱きあぐる

とねりこの庭

とねりこの白く大きな花房がふっさり垂るる梅雨の夕べに

雨の階段こわごわ上りとねりこの木の横に立つ幹につかまり

初夏に咲く淡緑色をいとおしみ兄が植えたるとねりこの若木

とねりこは無数の小さなしろき花こぼして病みたる母慰めき

バリトンのハミングとまがう　早朝の無数の蜂の羽音のひびき

兄妹はよくぶつかりぬ「もう！騒々しいことは外でしてちょうだい」母の声とぶ

他界せし父母、姉、兄、夢にきていっしょに旅に行こうと誘う

懐かしさにあふれて声の出ぬわれを囲みさわさわ誰かれがいる

早くなさい、列車が出るから早くして！せかせる母の姿は見えぬ

妹がふいに脇からひきとめる準備なしの旅行なんてだめだめ

カーテンが風をはらみて舞い上がるでんでん虫にどくだみの花

目の覚めてとねりこの窓辺に青豆のスープをいただく少女のように

クリムト展

緑ふかき上野の森にウィーンの風が吹きこみ噴水おどる

女三代かく美しく残酷に描きし画家をわれは知らずや

死に顔を父クリムトに描かさんと生まれ来し子か巻き毛かわゆし

ウィーンの春　小さな柩に花あふれクリムトは明るく楽し気に描く

雨上がりのウィーンで大きな虹見たとほほ笑むひとは銀髪かきあぐ

せみたの墓

肩車の子がメタセコイアの青き実にふれて過ぎたり湖畔の小道

蟬のぬけがらポリ袋に詰め見せにくる　かわいいよねと男の子

蟬のむくろかがんでしばし見ていし子、ふりむいて言うお墓つくろう

拝むとき名前がないよ　せみまるは　せみたがいいよ　せみたにしよう

お墓の穴これくらい　オーケー　風すこしでて夕月うかぶ

暮れなずむせみたの墓に手を合わすこどもたちとわたくしの影

せみたが迷子にならないように拝んだよ　帽子の上から頭をなでる

こんど来る時の目じるし少年は小枝一本さして帰りぬ

背の高きポプラの下をバッタとぶ、せみたの墓を見失いがち

三十分の一のヒアシンスハウスを復元する学生たちも作業を終える

木の陰に羽をやすめる鳩たちに老若がありて首をうずめて

夕焼けの空よりハウス旗をおろす「ごはんですよぉ」母の呼ぶ声

夕食がパスタやパンにかわりても「ごはんですよぉ」の声のかわらず

化学室

淡路島のたまねぎの皮剥いておりシャツの袖から風が入りくる

薔薇とシャツ九十三歳の師に贈る杖を捨て師がゆっくりと立つ

生涯でもっとも笑った化学室　一番笑ったあの顔がない

真実を語りくれたる師にありき化学室には化学の匂い

無言館

激戦地へ赴きし人の筆の跡苦しき昼の無言館

その兄の画き残したる一枚の絵はがき「妹和子像」とあり

下げ髪の少女が庭にかがみこむ絵の線細く滲む優しさ

積りたる落葉の中の無言館　昨日も明日も夕日のさして

前山寺の階のぼり来て振り返る山門の外柿ゆたかなり

Ⅱ

二月の海に

海面へ急降下する影ひとつ揉み合うさまの波間に見えて

捕らえたるものの正体わからねど格闘ながし二月の海に

生け捕りしもの離さじと逆光に鳥は荒く翼ひろげぬ

弱りたる獲物に止めを刺すまでの数秒甘美な愛撫とも見ゆ

波間よりすばやく飛び立つ鳥の影、獲物を爪にひっさげて飛ぶ

五月はおまえ

冬日さす机に石榴ころがりて近づく人はつと手をのばす

くるまれて眼をつむるみどりごを受けとる五月、五月はおまえ

分娩室より戻りたる娘の肩を抱く紫陽花あおく水をあげおり

たましいはどのようにして宿るのかぷりぷり赤きみどりごを抱く

のけ反りてくっくっと笑うみどりごよ　初めての靴はかせんとするに

二歳児は「ちくわのめがねでこんにちは」お昼ごはんはいつおわるのか

二歳までは叱ってならぬと言うからにひたすら見守る〈生命礼拝〉

柿とかりんの落下の音の違いなど語らううちに雨あがりたり

あしびきの粒餡こし餡〈山もみじ〉きみの心を手のひらにのす

遺品なる姉の水差しずっしりと水たたえたり三月の水

三月十一日のこと

二人娘の去りたるのちも雛かざる雪洞の灯の下かすかなる煇

「うちの雛さまいちばん可愛い」着物きて踊りだしたる末の娘は

かすかなる地震に笏をとりおとす男雛を小声に叱る宵かな

ヨガのポーズ〈花の礼拝〉ゆったりと終わらむとする時地の揺れはじむ

カタカタと小さき音を訝ればいきなり大きく床が傾く

巨大地震が列島を襲ううろたえる人波をつんざく悲鳴があがる

腹式呼吸を、腹式呼吸をと呼びかける口の乾けり真っすぐ立てない

交通手段を断たれて仰ぐ夕空を鳴き交わしつつ鳥の群れ過ぐ

二本足に歩くほかなし娘の家をめざして帰宅難民の列へ

知らぬもの同士も声をかけあいて夜道急ぐも余震の礼儀

はやばやとシャッター降ろす駅、店舗　尿意を堪え歩く苦しさ

辿り着くマンションのエレベーターは故障中十八階をよろよろ昇る

差し出されしミントティーのあたたかさ何もかにもが滲んでみえる

カタカタと歯をならしつつ襲いくる余震よ坊やの夢をこわすな

昭和の春　平成の春

ラファエロ展のポスターを貼る壁　音たてて春の雪がすべり落ちたり

ラファエロのマドンナ親しも抱きあぐる幼子ほのかに乳の香のたつ

ラファエロは美男子と聞くうっすらと埃のつもる『春の戴冠』

地下鉄の銀座駅海抜四メーターこわごわ下るさよなら菫

わが齢の半ばで逝きし高校の友らを思うさくらの季節

「さあ行っておいで」と背をおす誰かいてわれと妹ふわりと飛びぬ

転校はパスポートだった広島の未知のあなたやきみに会うため

特急「あさかぜ」で広島へきて二年後に「あさかぜ」で去りしわれは何者

広島のふゆは風花舞いやすく制服の肩にふれて消えしよ

瀬戸内海に沿いて十キロ走りたり宮島マラソン頬紅くそめ

被爆者のレッテルを恐るる風潮をある日知りたりことばの端に

肺を病むあなたとわたしは咳き込みてゴールインせり鹿あそぶ中

卒業式は名前をよばれ立ちてゆく　かのテノールの「はい」という声

胸さわぎを打ち消し「はい」という一語、胸深くしまえば今も韻くよ

東京タワーのてすりに休むわれ十九《じゅうく》歳のぞきこみて笑うきみは夭折

被爆地の沈黙の苦しみを誰が知るみんな優しかった風花まう都市

面会を拒める友の家族らはもう少しよくなったらと言いてほほえむ

もう少しよくなることの無きままに友は逝きけり三人子遺して

川べりの夾竹桃の桃色に顔そむけたりケロイドのいろ

いつかわれは秋津となって飛ぶだろうサッカー場を川のほとりを

あとがき

歌集『ヒアシンスハウス』は、二〇〇〇年三月に出版した『カスターニェンの木』につぐ第三歌集である。その間、二十年の歳月があり、歌集を編むこともあまり考えなかった私だが、少しずつ考えがかわった。

何年前のことか忘れたが、私の家からほどちかい浦和の別所沼公園のほとりに、立原道造が生前に書いた図をもとに五坪ほどの木造ハウスを建てよう、という声が地元の文人、建築家から上がり、その声は全国に広がり、ヒアシンスハウスが実現したのである。

昭和二けたの始めの頃、詩人の神保光太郎が別所沼の近くに住んでおり、道造はちょくちょく彼を訪ねるうちに沼の四季に魅せられ、自分もここに小さな別荘を建てたいと願った。しかし綿密なスケッチを何十枚も書き、土地の交渉も考え、名刺まで刷ったが、完成を見ることなく肺結核でこの世を去った。二十四歳だった。因みに道造のヒアシンスはギリシャ神話「アポロンとヒュアキントス」に由来する。

今は全国からの来訪者が後をたたない。ハウスの前の河津桜は今小さな固い蕾をびっしりとつけ寒風のなかに開花の時を待っている。メタセコイアは葉を残らず落とし、細い枝の先は空に突き刺さっている。若い頃から立原道造の詩がすきだった私は散歩の途中に立ち寄り、沼からの風を楽しむうちにいつか北原立木氏を代表とする守りびとの一人になっていた。ここにいると自然に呼吸が深くゆっくりになるのが不思議である。道造の三倍以上も生きて、今歌集を編むときと気づいたのだ。

飽きっぽい私がながく短歌を続けられたのは岡部桂一郎先生のおかげである。風の会の毎月の歌会が楽しみでならなかった。同人誌「開放区」が解散になり途方にくれ

ていた時、「晶」の扉が開かれた嬉しさは生涯忘れないだろう。超結社エリゼの会の歯に衣を着せない刺激も心地よい。短歌を通して出会えた皆様に心から感謝いたします。

丁寧な帯文をお書き下さいました小林幸子様、カバーのため作品提供をお願いした従兄の清水要さん、ありがとうございました。

最後に歌集出版のすべてを快くお引き受け下さいました六花書林の宇田川寛之様、装幀の真田幸治様にはたいへんお世話になりました。厚くお礼を申し上げます。

林　和子

二〇二〇年二月十日

著者略歴

林　和子（はやし　かずこ）

1980年から岡部桂一郎氏に師事（のちの風の会　2005年まで）
1984年頃「橋」参加（1993年頃まで）
1988年「開放区」参加（19号～98号）
1995年～2005年「りとむ」参加
2012年「晶」参加

第1歌集『ゆうひ』 1992年
第2歌集『カスターニェンの木』 2000年
合同歌集『窓』 1985年
風の会合同歌集『さらふぁん』 1996年
共著『この歌集この一首』（編者田島邦彦） 1991年

現住所　〒330-0052　さいたま市浦和区本太3－11－12

ヒアシンスハウス

2020年3月28日 初版発行

著 者——林 和子

発行者——宇田川寛之

発行所——六花書林
〒170-0005
東京都豊島区南大塚3-24-10-1A
電 話 03-5949-6307
FAX 03-6912-7595

発売——開発社
〒103-0023
東京都中央区日本橋本町1-4-9 ミヤギ日本橋ビル8階
電 話 03-5205-0211
FAX 03-5205-2516

印刷——相良整版印刷

製本——仲佐製本

定価はカバーに表示してあります
ISBN978-4-910181-01-1 C0092